LUCIEN BONNAUD

LE
SERMENT

Nonne emori per virtutem
proestat quam vitam miseram
atque inhonestam per de-
decus amittere?

(SALLUSTE)

PRIX : 60 CENTIMES

Lu en Séance publique le 1er Juillet 1875
Au Cercle Littéraire et Musical du Midi

PAR CH. ROUSSIN

MARSEILLE
IMPRIMERIE SAINT-FERRÉOL, GRAVIÈRE FILS & Cie
RUE SAINT-FERRÉOL, 27

1875

LE SERMENT

LUCIEN BONNAUD

LE

SERMENT

Nonne emori per virtutem
prœstat quam vitam miseram
atque inhonestam per de-
decus amittere?

(SALLUSTE)

PRIX : 60 CENTIMES

Lu en Séance publique le 1ᵉʳ Juillet 1875
Au Cercle Littéraire et Musical du Midi

PAR CH. ROUSSIN

MARSEILLE
IMPRIMERIE SAINT-FERRÉOL, GRAVIÈRE FILS & Cⁱᵉ
RUE SAINT-FERRÉOL, 27

1875

A MON AMI

CHARLES AIME ROUSSIN

LE SERMENT

« Viens, mon fils, un devoir ensemble nous appelle ;

Ce devoir est sacré, j'y veux être fidèle.

Viens, viens, hâtons le pas, le jour est indiscret ;

Pour pouvoir de nos cœurs surprendre le secret

L'aurore accourt déjà. Vois, la lune s'efface ;

Une pâle lueur rayonne dans l'espace ;

Mon fils, c'est le moment... Nous y voici, je crois ;

Oui, c'est là. Tiens, regarde, aperçois-tu la croix

Qui se dresse là-bas sous cette touffe épaisse

De cyprès ? Bien souvent dans ma longue tristesse

J'y suis venue, hélas ! pleurer amèrement.

Mais que peuvent les pleurs contre un pareil tourment !

J'avais un seul espoir. Cette unique espérance,

O mon fils, c'était toi. Je me plaisais d'avance

A voir dans mon enfant un vengeur, un héros ;
Et je ne goûtai plus un instant de repos
Que tu n'eusses juré !... Mais, quoi, ton cœur frissonne !
Me serais-je trompée ! Ah ! tout cela t'étonne ;
Une mère exciter son enfant à la mort !
C'est contre la nature. Ai-je peut-être tort !
O mon Dieu, toi qui vois mes pleurs et ma misère,
Dieu juste, donne-moi la force nécessaire
Pour achever mon œuvre et vaincre ma douleur. »

Elle dit. Cependant, sous le poids du malheur,
Son courage faiblit, sa volonté chancelle.
Sur ses traits altérés une pâleur mortelle
Gagne rapidement. Son fils est là, debout,
Il regarde anxieux sa mère. Tout-à-coup
Se jetant dans ses bras, comme dans un orage
On voit le faible oiseau chercher sous le feuillage
Un abri protecteur : « Mère, s'écria-t-il,
Parle, ton fils est prêt ; un seul mot, que faut-il?
Pourquoi pleurer toujours, n'es-tu donc pas heureuse ?
Réponds-moi ; n'ai-je pas une main vigoureuse
Pour te venger, s'il faut ? Et puis ma seule ardeur
Doit suffire: à vingt ans l'amour donne du cœur. »

Comment se taire encor devant tant d'assurance !
Un instant s'écoula de lugubre silence,
Instant terrible, long, p'ein de lutte et d'émoi ;
Puis la mère reprit : « Pardonne mon effroi,
Mon fils, il est toujours si dur pour une mère
De sentir son enfant rebelle à sa prière.
Mais non, tu ne saurais plus longtemps résister.
Lorsque l'honneur commande on ne peut hésiter ;
Tu ne le ferais pas. Non, jamais ton audace
Ne voudrait dévier du chemin que lui trace
L'impérieuse voix d'un devoir rigoureux.
Ecoute maintenant, ce récit est affreux.

La France florissait. De longs siècles de gloire
Avaient en pages d'or écrit dans son histoire
Mille exploits merveilleux. Tout semblait prospérer:
Fière de ses succès et pouvant espérer
Un heureux avenir, elle dormait paisible,
Sans crainte, sans soupçon, comme un lion terrible
Qui partout a semé l'épouvante et l'horreur.
Funeste confiance, irréparable erreur !
Elle ne voyait pas quelle affreuse tempête
Pouvait un jour ou l'autre éclater sur sa tête.
Tandis qu'elle dormait, ses ennemis jaloux,
Ne dissimulant plus leur superbe courroux,

Epiaient son sommeil, cherchant à la surprendre,
Le moment désiré ne se fit attendre.
Soudain un vaste cri fit tressaillir nos cœurs !
C'était la guerre, hélas ! et toutes ses horreurs.
Oh ! qui peindra jamais les élans magnanimes
De nos vaillants soldats ! que de nobles victimes
Périrent en ces jours de tristesse et de deuil !
Que de jeunes héros trouvèrent leur cercueil
Dans ces champs où la veille on parlait de victoire !
Ils croyaient, malheureux, n'aspirer qu'à la gloire
Et la mort était là qui les suivait de près,
Sur le point de changer leurs lauriers en cyprès.

Leurs efforts furent vains, leur courage inutile :
L'ennemi triomphant s'avançait sur la ville,
Ne respectant plus rien, pillant, saccageant tout :
Pareil à ces torrents débordés qui partout
Ne laissent après eux, signes de leur passage,
Qu'une morne terreur et qu'un affreux ravage.
Déjà plus près de nous l'on distinguait le bruit
Des canons ennemis. C'en est fait, cette nuit
L'étranger sous nos murs arrivera peut-être
Et sur notre pays viendra régner en maître.
On n'ose s'arrêter à cet amer soupçon :
On veut se détromper. On ne peut sans frisson

Se retracer déjà les terribles vengeances
D'un vainqueur irrité, ses dures exigences,
La servitude enfin plus triste que la mort.
Mais comment échapper à ce malheureux sort !
L'avenir à chacun apparaît triste et sombre;
On veut se montrer ferme et l'on pleure dans l'ombre.
La haine, le courroux brillent sur tous les fronts;
On parle de venger d'injurieux affronts;
On s'excite à mourir, l'on s'arme, l'on s'apprête;
L'infériorité, le nombre, rien n'arrête
La belliqueuse ardeur des braves habitants.
Ils nous embrassent tous et tous partent contents.

Ton père s'y trouvait. Il m'en souvient encore
Comme si c'était hier. « Tu le sais, je t'adore.
Me dit-il en partant, mais, hélas ! notre amour
Quelque puissant qu'il soit, ne saurait en ce jour
Me faire reculer ; c'est l'honneur qui m'appelle.
Pourrais-tu m'approuver si j'allais, infidèle
Au devoir le plus saint, lâche, cacher mes pas
Dans le but d'éviter un glorieux trépas.
Et voudrais-tu qu'un jour, enfant, vieillard ou femme,
Tous pussent, me voyant, dire : voilà l'infâme !
D'ailleurs, ajouta-t-il, je te laisse un soutien
Ou plutôt un vengeur. Pour moi, je le sens bien,

Ce jour est le dernier ; c'est ma ferme assurance.

En vain mon cœur voudrait s'ouvrir à l'espérance ,

J'ai quelque chose là qui me le dit tout-bas.

Confiance pourtant, ne désespère pas :

Reporte sur ce fils ton amour, ta tendresse ,

Sous tes yeux qu'il grandisse et qu'il fasse sans cesse

L'objet de tous tes soins : c'est mon suprême vœu ,

Le seul que je t'adresse à mon dernier adieu.

Docile à tes conseils, il sera, je l'espère ,

Digne de ses aïeux et digne de son père

Puisses-tu de bonne heure inspirer à son cœur

La soif de la vengeance et cette noble ardeur

Qui transforme en héros l'homme le plus timide,

Et tandis qu'il parlait, de sa paupière humide

Quelques larmes parfois s'échappaient lentement ,

A son trouble on pouvait deviner aisément

A quelle émotion son âme était en butte ;

Son regard agité laissait voir quelle lutte

Se livrait au-dedans. Comme lui je pleurais.

Assis sur mes genoux, toi seul nous souriais

Comme si pour narguer nos mortelles alarmes,

Même dans ta candeur le ciel cherchait des armes.

Il partit, mais c'était pour ne plus revenir.
Le lendemain matin, déchirant souvenir !
On déplorait son sort, on vantait son courage ;
C'en était fait de lui. Pauvre fruit que l'orage
Avait avant le temps détaché du rameau ,
Ton père n'était plus. Et moi, sur son tombeau ,
A ses derniers désirs voulant rester fidèle ,
Je t'amène jurer une haine éternelle
A l'étranger maudit dont l'homicide main
En un jour de malheur te rendit orphelin
Pourrais-tu rester sourd à cet appel suprême !
O mon fils, c'est la voix d'une mère qui t'aime.
Suppliante, éplorée, elle tombe à genoux,
Ne la repousse pas. De son juste courroux
Crains d'attirer sur toi la terrible menace
Lorsque ta mère en pleurs te demande une grâce
Voudrais-tu refuser à celle qui toujours
A consacré sa vie au bonheur de tes jours.
Écoute, c'est la voix de la France meurtrie
Qui de tous ses enfants, mutilée et flétrie ,
Réclame le secours pour venir la venger
Des outrages sanglants d'un farouche étranger.
C'est la voix de ton père à son heure dernière
Victime de l'honneur et dont l'âme encor fière,

Tressaillant dans sa tombe à ce touchant accord
Te demande à son tour sa vengeance ou la mort. »

L'enfant la regarda. Puis aussitôt : « Ma mère ,
L'avenir t'apprendra comment on venge un père. »